素秋

安西篤

句集 そしゅう

anzai atsushi

東京四季出版

素秋／目次

装幀　高林昭太

句集 素秋

そしゅう

安西篤

廃炉詩篇

―平成24年―

山茱萸や雲低き坂花恋忌

*花恋忌＝金子皆子の忌日（三月二日）

セシウムの薄味もつけ菠薐草

山側にうぶすなの景山帰来

山笑うほきほきほきと指解けば

春愁の指のピストルこめかみに
私にニッチの時間桜餅

紅梅の左肩より反応あり

三・一一こけし三体ずぶ濡れて

春の雪遅れて届く訃報あり

春落葉仮設の人の咎める眼

霾や活断層に斬と狄

悼村井和一氏

花祭火男面の下に笑み

八ヶ(やつ)岳晴れてイヌノチンボが生え揃う

*イヌノチンボ＝土筆（ながの方言）

黄砂降る大外よりのまくりかな

春嵐去りて目にしむ藍微塵

六地蔵並ぶ順あり花れんぎょう

八十八夜野鯉ずずずと腹を擦る

禁欲や麦秋の中ゼブラゾーン

花韮(ふたもじ)や秩父遍路の朝発ちは

黄土なお草蒸さぬ骨迎春花

藪椿恋猫通す崩れ垣

考えない練習(レッスン)夜の半仙戯

二人静勾玉のときを流れて

秒速で微分しており熊ん蜂

草蜉蝣だんだん右目がたれさがる

貌吉草（かおよぐさ）垂乳根のおもさに耐えよ

しゃがの花アルカイックなことばたち

石垣に野茨私の「ヰタ・セクスアリス」

夏空の前世療法きのこ雲

舌浮かす発声練習ポピー咲く

編み直すことばの一つ額あじさい

梅雨晴間無言の瓦礫動かざり

歌舞伎町浴衣姿の重信忌

日盛りの仮設の鶏が逃散す

花擬宝珠黙禱はまだ終らない

数学の好きなかわせみ飛び交えり

長梅雨や『廃炉詩篇』の長恨歌

著莪の花水辺に昨日の今昔図

アオギリの亀裂叫びのままに裂け

広島　三句

慰霊碑を抜け曲舞(くせ)いの黒揚羽

白丁花楽の音に寄る川さざ波
みちのくに青嵐立てり生きめやも

やませ吹く海なり浮かぶ幾柱

竹夫人監視カメラに死角あり

地の軸も洗滌せんと豪雨来る

さるすべり揺れていっせい射撃かな

青葉闇神獣鏡に火の匂い

骸骨のＴシャツが乗る終電車

屈葬の胎児透明紀音夫の忌

耕衣忌の厠の扉ひらき勝ち

師よ癒えよ夜のぎんなん降りつづく

金木犀そろそろ方舟用意せむ

士魂のごと時雨に点る菩提子は

ひるがえる少女の小顔秋桜

晩節は汚すものなれ木守柿

亡き人も群衆の中秋祭

クリスマスローズ庭に音譜が落ちていた

藁苞に文語のごとし寒牡丹

魚は氷に上る津波の引きし後

十粁圏無季の厠がそここに

津波てんでんこ生きし証の柱傷

ラクダ座す瘤よりまろび出るファ音

臥龍梅

―平成25年―

あらたまの雄呂血の在り処尋ねけり

初凪やむしろ帆で行く　空海

ティシュペーパー繰り出している女正月

実朝忌呼び鈴押せば宙に鳴る

紅梅や樹幹のいのち玄(くろ)くあり

漂着の村人とありいぬふぐり

バレンタインはや涅槃図のなかにあり

引鶴の墨壺を立つ気配かな

臥龍梅團十郎に修羅の段

円空の笑み皺となり焼栄螺

肩幅にひらく体操春二番

フクシマやおめおめと蛇穴を出づ

春風や心臓ほどのポリ袋

筍飯男はぬるき風起こし

鎌倉虚子立子記念館

奈良墨の香る虚子の書春時雨

壊す家壊れる土や土筆原

聖五月遊びやせんと棺打つ

原発の練供養かな稚児のデモ

絆とうアルカリ性の夏来たる

イスラムの姉はするりと茅の輪抜け

卒爾ながら西海岸に花火上ぐ

心療治療(セラピー)は終えているなり花あやめ

宮崎吟行　三句

雄花蘇鉄の男根対す兜太句碑

浜木綿や耳うちにくる瑠璃蛺蝶

ブーゲンビリア豊の遊びの立ち姿

火蛾舞うと仮設の路地が煮えている

ゲリラ豪雨白い雨戸に乱心す

精霊の集積回路森林浴

幾人（いくたり）のわれの形代流ししか

俳諧の顔して象の三尺寝

宇宙よりふうわり烏瓜の花

台風圏少し鼻曲げ猿田彦

敗戦日半眼で見しゲルニカ図

てのひらに円錐を置く秋思かな

空気読む習い覚えし蜻蛉かな

飯桐の実に口ゆがめ写楽顔

穭田を黙読しおり荒地野菊

黒板の本質は何夜学校

捨案山子ジョーカーのごと畔の道

杖ついてふりむくわれはいぼむしり

野分立つ防人たちに正露丸

落霜紅思い当りし夢合わせ

岩手県寒風沢島　三句

牡蠣食う夜縛り地蔵は裏山に

放心の凍雲とあり寒風沢島

あとさきに海猫従（つ）くわれらあとさきに

吹雪く野の道行らしや雪女郎

人の忌に不時着したりしまふくろう

終活は先送りして小六月

黒靴下かぶせる冬やメタセコイア

村棄てし人らつどいて里神楽

足音のゆく中二階冬安居

傘寿とやおでんの大根煮崩れて

金環食そこここにしまふくろう

メタセコイア冬は全身神経図

短日や阿修羅の眉根翳りくる

ダイヤモンドダスト堕天使降りやまず

銀河系宇宙バス停一本松

早春賦

—平成26年—

初篝化身のごとく汗の馬

淑気かな不増不減のセシウムは

やわらかく壊れる前景春フクシマ

唯一の死が二万あり涅槃西風

「フクシマはわたしたちです」早春賦

濡れしからだは濡れしままあれ愛染桂

番鴨ほどよき間置くみおつくし

春渚海亀おいらん歩きする

残雪や猫のかたちの迷路あり

春の雪青僧結跏趺坐を解く

春愁へこみやすきはビール缶

涅槃西風ウィンドウズがひらかない

独楽紐がくちなわになる三鬼の忌

腰骨がねずみ鳴きする遅日かな

序に代えて一輪挿しの花馬酔木

終活など縁なし青鷺佇立せり

荒梅雨や座敷童子はかしこまる

白鷺や告白は垂直に来る

やませ吹くここらや遠野物語

すっぴんのたましいがある夜の新樹

万緑やどこぞで絶句の息づかい

白鷺や片脚立ちの行に入る

早苗饗にみちのくの唄低かりし

指切りとう縁の切り方青水無月

前の世は斑猫だった人の後世

平林寺吟行

青蜥蜴すわ禅堂に走り込む

熊谷に花火を上げて冷やしおり

野鯉跳ね秋意の森に句読点

河童忌の新月糸で吊るすなり

昼の虫ピエロが一度スキップす

白川温子他界

破蓮や気丈の面水に澄む

御嶽山噴火事故

御嶽にこだまの投身つづく秋

野紺菊おのれの位置を知っている

秋雨の森軍靴のひびきありやなし

干柿やぶらぶら小さな物語

腰骨手術

モルヒネの覚めて繊月のまぶしさ

美しすぎる夜のフクシマ天の川

黙示録みちのく泡立草の波

時雨忌や木のぼり地蔵遠目して

礫の型の裸木を抱きしめる

書斎に冬春画の行方杳として

チビチビと老年を酌む大晦日

信州塩田平吟行　五句

槐多の山道造の野や冬の塩田

（無言館　二句）

自画像に剥落の傷冬夕焼

朱の色は叫びのごとし冬の碑に

気抜き屋根冬雲低き海野宿

会場にくさめ大きく兜太来る

福井・滋賀　二句

築山の磴の暗さよ原子炉火

椎の木の阿修羅の腸（わた）を陽に晒す

朝市やはちきんの婆声嗄らす

＊はちきん＝男勝り（土佐方言）

素秋

―平成27年―

歯固めや原発こなれ易からず

女正月助詞助動詞の内輪もめ

昨日から化けし狐の投扇興

羊群は牧舎に帰り淑気満つ

御降りやもろ人浴びし放射能

目刺嚙むぎりぎりまでの老人力

せりなずなごぎょうはこべら被曝せり

鶴帰る子等それぞれのユーラシア

バレンタインバスを乗り継ぐ化粧坂(けわいざか)

十一面より二面おそろし春彼岸

陽炎より何か出たがる三鬼の忌

朧夜の柱状節理ややゆがむ

亀の子が重なっている昭和の日

伊藤若冲展

若冲の白象といて花の冷え

海溝に鎮む化野三月尽

眠剤ひと粒春夜のプレミアムラビリンス

里山に資本主義あり亀鳴けり

かたかごや赤子（せきし）の音譜今にあり

音楽寺おたまじゃくしが反乱す

万歳とうお手上げもあり春の海

振り逃げをくらいし投手かぎろえり

片岡珠子展　五句

春の鯨波あげ北斎の面構え

真鶴の岩礁（いくり）に春の怒濤かな

尊氏の福助頭春北風

義満の酒焼け顔や目借時

善政の青ざめまなこしおまねき

放哉忌ふいに欲しがる猫火鉢

母の日は妻の日であり他出する

長梅雨や外郎(ういろう)のごと人おもう

いつの間に杭たちならぶ沖縄忌

産土はいつも痣色夕焼雲

烏賊刺身に忍び包丁やませ来る

黒南風や三俳僧のひとりはゲイ

身ぐるみを脱ぎて初蟬居直れる

梅雨晴間なんだかなあとおもう日も

カフカ忌の郵便物がこぼれ落つ

墨書きのアルファベットや巴里祭

立葵目病みの猫はうなだれて

「悩むことはない」と言われて陶枕

クリムトの草霊といる夏の月

おじぎ草子猫おねむの時間です

或る愛のかたみ標本黒揚羽

万緑の全重量に耐えて山

ふたごころふたりごころや半夏生

ガラパゴスゾウガメ海の日の父よ

平和だな雌雄同体なめくじり

死に近き猫が尾を振る半夏生

夏草や一生涯の不発弾

皇帝ダリア倒れジハードはじまりぬ

悼長田弘

南風（はえ）通す茂みのことば深呼吸

夕焼雲じゃりン子チエの下駄が飛ぶ

語りえぬものに沈黙八月は

八月六日　雄鶏まっすぐ歩く

八月の電柱灼けて人のにおい

鉄漿(かね)色の向日葵の果て敗戦日

右に駅左に宇宙天の川

まないたは母のパレット文化の日

金沢武家屋敷

素秋罷り通る両袖に海鼠塀

秋の日の音楽室に水の層

鈴懸黄葉誰の視線か感じおる

文化の日臓器(オルガン)の鍵(キー)きしみおり

文化の日ことばの鱗こぼれ落つ

人の名で途切れし話題鰯雲

拝み食うリスの頬袋(ほぶくろ)秋うらら

万有の一つに野菊古墳塚

退屈が致死量を超え朴落葉

未来よりの記憶かふくろう首回す

悼まどみちお

冬日向赤いビーズの行方かな

舗装せしお歯黒どぶや一葉忌

この冬の免疫構造ピラカンサ

酢海鼠やうすうす老人臭におう

影の木に人間吊るす冬木立

寒垢離や裸のピカソ混じりおる

廃線の犬釘を嗅ぎ北きつね

線量の塩梅よけれ山眠る

洗面器の冷たき灰汁（あく）や小晦日

年忘れ影踏み遊ぶ老二人

日南海岸

冬渚不戦の面（つら）のモアイ像

悼水木しげる　二句

着膨れて重き屁をこきしげる逝く

霜柱いまし鬼太郎の下駄の音

飛道具サツマイモ型冬のテロ

小晦日書庫の隅なるゴビ砂漠

冬帽子かぶり猿知恵少し足す

枯園に野鯉の貌で入りけり

フクシマや般若心経吹雪く道

久に逢う白ふくろうのつれなさよ

フクシマでゴドーを待てば日照雨

ミサの夜の銀の鉗子がおかれおり

わだつみのこえの重なる津波潟

多音階

―平成28年―

初日の出その水柱人柱

海底に未生のことば年新た

祝兜太先生朝日賞受賞

呉竹に初日の粒子遍満す

てのひらで地球儀まわす千代の春

初鏡すっぴんからのつくりごと

あらたまの悟空が翔ける初御空

猿の子の遊び足りない三が日

初狂言両手ぶらさげうつぼ猿

あらたまの申の惑星絶滅危惧

平和(たいらぎ)を招(お)ぎまねきおり初山河

初東雲浄土へワープしておりぬ

どの島も初日かわいや日向灘

和魂（にぎたま）の埴輪手を振る初景色

御降りに土肌匂う埴輪かな

悼中原梓氏

今も旅の途次にあらずや大旦

一皿ずつ水に流して女正月

母に吹きしを妻にも吹きて薺粥

ガスの炎（ほ）に小さなゲリラ春立ちぬ

ふらここや母に童女の小半刻（とき）

雛の首のような陽が射し喪に服す

囀りや雑居家族の多音階

人間の霞みはじめし寝巻紐

春五度時を超えたる尋ね人
戦後から災後へ続く鳥雲に

人を恋う唄の低唱桜二分

見失うとは触れ得し証春の海

地の黒き割れ目ついばみ春の鳥

馬手(めて)よりも弓手(ゆんで)のはやし桜闇

活断層春の浮雲乗せしまま

おぼろ夜を銭臭きひと通りけり

如月の塀にスプレー殴り書き

春眠や甲骨文字の亀起きる

化野（あだしの）は連れ合い多し梅咲く頃

ハミングはラ変活用青き踏む

春夕焼言の葉うすく伸ばされて

春分やいい質問を小抽斗

花杏翅音恥しきことばなり

清明や無印良品よろず草

完市忌大根の花ならびます

野火放ち色即是空唱名す

喇叭水仙幼さ残るアジテーター

点鬼簿に一人加えて利休梅

紀音夫忌の筍のよき姿勢かな

樟若葉草莽の臣に長屋門

玉あじさいコギャルの頭突合せ

軍服の亡霊が立つ片陰り

檻の中哲学として日陰の虎

百年後樫の木となる師の片陰

救命丸の看板剝げて半夏生

浴衣被き土方巽疾走す

薔薇刑の小鳥の羽毛散らしけり

遠目山越しセシウム混じりのやませ来る

はしばしに絵の具つけたる夏逝けり

聖家族骨片もなしヒロシマ忌

優曇華やわが遺伝子に熊襲の血

秋の街菌糸のような鉛筆画

積み木崩し逆さまつげの彼岸花

台風の眼の中暗算繰り返す

なにくわぬ犯人（ホシ）のいそうな雨月かな

十六夜はしめこのうさぎいるからね

旧渋沢邸

旧邸は深く鎖され庭の千草

上野公園

ゴリラにはゴリラの思案秋陽浴び

銀杏の実撒かれ火縄の玉のごと

ホームレス秋景に置き自撮り棒

秋天へ非常階段果てしなく

鈴懸黄葉いま老妻と座す時間

掌に馴染むかりんのいびつ赤ん坊

粉をふいたような昼月地震の街

途中から楽譜に変わる神渡し

私書箱から鳩の出そうな神無月

豆腐屋の喇叭鳴ります開戦日

花札の梅に鶯久女の忌

線描の寓話でありし冬木立

立ち帰るわが定点の冬木かな

冬日ふとバターの匂い撒き散らす

狐火や地球(ほし)の行方を占えば

炉話に廃炉の齢たずねけり

冬虹の逃げ足はやき津波潟

ガラス隔ててパンダを愛すまた逢う日

ゴミ山に裸足の天使降り立ちぬ

新しき風土記はじまる地震の後

多音階以後

―平成29年―

初富士の頬削ぐ曙光ありにけり

二つ目がへこへこと出る初高座

戻らないふつうのくらし鳥帰る

死者もまた眠れぬ六年(むとせ)春渚

三・一一秒針ひとはりずつ進む

トランプとう現象学や春一番

山笑う擬木のごとき男いて

老桜の洞（うろ）の深さよピエタ像

原子炉の全き球形かぎろえり

鳥雲にこれより大ぼけ小ぼけかな

花冷えの地下鉄出口宇宙駅

春のミサイル水切り石の行方かな

終活は白紙のままにかぎろえり

二十粁圏内目高転校す

物忘れして夕焼けの鷺となる

葉桜の狼毛山河見納めん

橋の上から人が落ちる日ヒロシマ忌

黒い雨浴びし蛍の行方かな

心太ジゴロのような滝となる

梅雨晴れの坂に縫い目のなきひと日

見るべきは見つ海牛の遠まなざし

あとがき

『素秋』は、『多摩蘭坂』、『秋情（あきごころ）』、『秋の道（タオ）』に続く第四句集である。平成二十四年初から二十九年夏にいたるほぼ六年の作品より、三百六十句を収めた。

この間、約十五年間勤めた現代俳句協会の役員を辞した。非力ながら、幹事長、副会長等の要職も大過なく勤め上げることが出来たのは、ひとえに歴代会長、事務局長をはじめ、多くの役員、会員、事務局の皆様のご指導、ご鞭撻の賜物である。もちろん恩師であり、名誉会長として今なお俳壇でご活躍されておられる金子兜太先生のご恩顧は、言葉に尽くせないものがある。あわせて厚く御礼申し上げる。

『秋の道』では、老荘思想の「道（タオ）」を意識し、それを鈴木大拙流に自由と受け止め、年齢相応の自在さが出れば、との思いがあった。その路線を引き継ぐ気持ちに変わりはないのだが、言挙げするほど実践が伴っていないことに、忸怩たるものがあったのは事実である。

今回句集の題名を『素秋』としたのは、あるがままの秋という線にまで思いをひそめたいということである。

老子のいう「人は地に法り、地は天に法り、天は道に法る」にならえば、「自然」とは「自ずから然り」の状態を指す。これは、現在兜太師が志向しておられる方向に通じ、「あるがままの状態」をさらしてゆくものと受け止めた。そのことを「素秋」の題名に含意させたともいえる。意図するところを表現し得たと思ってはいないが、せめて師の後姿に従きたいとは願っている。

九十八歳のご高齢の上に、ご多忙この上ない兜太師から、身に余る帯文を頂戴した。『素秋』は、境涯の秋を意識した『秋情』『秋の道』に続くもので、年輪とともに師恩の深さをあらためて感じさせられている。これをなお残る余生の励みにしてゆきたい。それにつけても師のさらなるご長寿を願わずにはいられない。

平成二十九年夏

安西　篤

著者略歴

安西　篤　（あんざい・あつし）

昭和 7 年（1932）三重県生まれ
昭和 21 年　旧満州より引き上げ後独学で俳句を始める
昭和 32 年　見学玄、船戸竹雄両氏の知遇を得て、梅田桑弧編集の「胴」同人となる
昭和 35 年「風」投句、翌年金子兜太先生に出会う
昭和 37 年「海程」入会、同人となる
昭和 59 年より 62 年まで「海程」編集長
平成 3 年　海程賞受賞
平成 26 年　現代俳句協会賞受賞
平成 29 年　現代俳句大賞受賞
現　在　現代俳句協会顧問、国際俳句交流協会副会長、海程会会長、「西北の森」同人、朝日カルチャーセンター俳句講座、よみうり浦和カルチャー俳句講座講師

著　書　句集『多摩蘭坂』『秋情（あきごころ）』『秋の道（タオ）』
評論『秀句の条件』『金子兜太』『現代俳句の断想』
共　著　『現代の俳人101』（新書館、平成14年）『現代俳句歳時記』（現代俳句協会、平成 11 年）

現住所　〒185-0013 東京都国分寺市西恋が窪 1-15-12

俳句四季創刊 30 周年記念出版 **歳華シリーズ 28**

句集 **素秋** そしゅう
発 行 平成 29 年 11 月 15 日
著 者 安西 篤
発行者 西井洋子
発行所 株式会社東京四季出版
〒189-0013 東京都東村山市栄町 2-22-28
Tel 042-399-2180
Fax 042-399-2181
http://www.tokyoshiki.co.jp/
shikibook@tokyoshiki.co.jp
印刷・製本 株式会社シナノ
定価 本体 2800 円＋税

 ISBN 978-4-8129-0786-3 Printed in Japan